D1144604

Siegfried Lenz

Ein Kriegsende

Hoffmann und Campe

1. Auflage 2015
Copyright © 1984
by Hoffmann und Campe Verlag, Hamburg
www.hoca.de
Einbandgestaltung: Katja Maasböl, Hamburg
Einbandabbildung: Zeb Andreas / GettyImages
Satz: pagina GmbH, Tübingen
Gesetzt aus der Caslon 540
Druck und Bindung: Kösel, Krugzell
Printed in Germany
ISBN 978-3-455-40517-0

HOFFMANN
UND CAMPE

Ein Unternehmen der
GANSKE VERLAGSGRUPPE

Unser Minensucher glitt mit kleiner Fahrt durch den Sund, und sie hoben nur einmal den Blick und drehten sich weg. Von ihren Fischkuttern, von ihren Prähmen und verworfenen Holzstegen linsten sie zu uns herüber, schnell und gleichmütig, anscheinend gleichmütig, und kaum daß sie uns aufgefaßt hatten, wandten sie sich ab und stapelten weiter ihre Kisten mit Dorsch und Makrele, schrubbten die Decks, schlugen die Netze aus oder setzten mit weggetauchtem Gesicht die letzten Tabakkrümel in Brand. So wie sie durch uns hindurchsehen konnten, wenn wir ihnen in den krummen Straßen der kleinen Hafenstadt begegneten, so registrierten sie interesselos jedes Auslaufen von MX12, tauschten keine Signale, taxierten nicht, sahen sich nicht fest; mitunter kehrten sie uns sogar den Rücken zu, wenn wir mit entkleidetem Buggeschütz vorbeiglitten, und arbeiteten nur heftiger, fast erbittert. Sie schienen sich an MX12 gewöhnt zu haben, an den grauen Minensucher, sie ertrugen seine beherrschende Silhouette vor dem getünchten, kastenförmigen Gebäude des Hafenkommandanten, ertrugen sie, indem sie achtlos über sie hinwegblickten – nicht alle, aber doch die meisten in diesem stillen dänischen Hafen, in dem wir in den letzten Monaten des Krieges stationiert waren.

Die Ufer traten zurück, der Sund öffnete sich, bei schwachem Wind hängten sich Möwen übers Achterdeck, wie für alle Fälle. Wir passierten die Mole, der weißgelackte Leuchtturm glänzte in der Sonne, wir passierten die bröckelnde Festung, in der einst ein umnachteter König seine letzten Jahre verbracht hatte. Unsere schwach auslaufenden Bugwellen leckten die Steine, hoben die kleinen vertäuten Boote an und ließen sie dümpeln. Keines unserer Geschütze war besetzt.

Fern, im Schutz der Inseln, in ihrem vermeintlichen Schutz, ankerte eine heimatlose Armada: alte Frachter, Werkstattschiffe, Schlepper und Lastkähne. Sie waren aus den Häfen des Ostens geflohen, die nun verloren waren, sie hatten sich mit ihrem letzten Öl, mit letzter Kohle westwärts retten können, einzeln und in trägen Konvois, über eine unsichere Ostsee, die gesprenkelt war von Treibgut. Seit Wochen lagen sie auf Warteposition, doch sie erhielten keine Erlaubnis, die wenigen verbliebenen Häfen anzulaufen, deren Piers von Kriegsschiffen besetzt waren.

Es frischte nicht auf, feiner Dunst lag über der See, als wir das mächtige Wrack passierten, einen ehemaligen Truppentransporter, der mit nur geringer Krängung auf Grund lag, am Rande des Fahrwassers. Die sanfte Dünung spülte über die rostigen Plattformen der Flak, warf sich klatschend an den Aufbauten hoch, fiel zurück und floß in schäumenden Zungen ab. Auf den Spieren, signalhaft aufgereiht, saßen Mantelmöwen, die hin und wieder einzeln abschwangen und nach knappem Rundflug wiederkehrten. Immer noch liefen wir kleine Fahrt. Der Kommandant rief einige von uns zur Brücke, er sah wie abwesend über die See, als er unseren Auftrag bekanntgab, er sprach in wechselnder Lautstärke, mitunter fiel er ins Platt. Kurland also; wir hatten den Auftrag bekommen, nach Kurland zu laufen, wo eine eingeschlossene Armee immer noch kämpfte, sich eingrub und widerstand mit dem Rücken zur Ostsee, obwohl alles verloren war. Wir gehen nach Libau, sagte der Kommandant, wir werden im Hafen Verwundete an Bord nehmen und sie nach Kiel bringen. Befehl vom Flottillenkommando. Er knöpfte die Uniformjacke über dem Rollkragenpullover zu, suchte den Blick des Steuermanns und stand eine Weile da, als erwartete er etwas, eine Frage, einen Einspruch, doch weder der Steuermann noch ein anderer sagte ein Wort zu unserem Auftrag, sie harrten nur schweigend aus, als verlangten sie zu dieser Nachricht eine Erläuterung. Der Kommandant ließ das Zwillingsgeschütz besetzen.

Am Ruder stehend, hörte ich, wie sie den Kurs erwogen. Seit die Häfen in Pommern und Ostpreußen verlorengegangen waren, lief kein Geleit mehr ostwärts, dem wir uns hätten anschließen können; wir mußten versuchen, allein durchzukommen, fern von der Küste, um nicht von ihren Flugzeugen entdeckt zu werden. Der Kommandant sprach sich für einen nordöstlichen Kurs aus, am schwedischen Gotland vorbei; er schlug vor, an schwedischen Hoheitsgewässern weiterzulaufen, um dann, auf südöstlichem Kurs, die Ostsee nachts zu überqueren. Der Steuermann sagte: Wir kommen nicht durch, Tim, und der Kommandant darauf, zögernd und wie immer ein wenig abweisend: Ich war noch nie in Libau, vielleicht ist das die letzte Gelegenheit. Sie stammten aus demselben Nest in Friesland, vor dem Krieg hatten beide Fischdampfer gefahren, beide als Kapitän.

Wir liefen mit Marschgeschwindigkeit auf einem Kurs, den allein der Kommandant bestimmt und abgesteckt hatte; die See krauste sich, ein Torpedoboot passierte uns in sehr schneller Fahrt. Durch das Glas waren überall in den Gängen Soldaten mit Verbänden zu erkennen. Zum Schluß, sagte der Kommandant, fahren alle als Lazarettschiff. Der Himmel war klar, hoch über uns zerliefen Kondensstreifen. Zwei leere Schlauchboote trieben auf dem Wasser, unsere Hecksee ließ sie torkeln. Der Funkmaat brachte einen Notruf auf die Brücke, den ein sinkendes Schiff abgesetzt hatte, ein großes Wohnschiff, die »Cap Beliza«; sie meldete Minenexplosion. Über die Karte gebeugt, ermittelte der Kommandant die Unglücksstelle; wir konnten ihnen nicht zu Hilfe kommen, wir standen zu weit ab. Es ist Wahnsinn, Tim, sagte der Steuermann, wir kommen nie durch bis Libau. Sie tauschten wortlos ihren Tabak, stopften gleichzeitig die Pfeifen und steckten sie an. Ihre

Flugzeuge, sagte der Steuermann, ihre Flugzeuge und U-Boote: östlich von Bornholm räumen die alles ab. Wir haben einen Auftrag, sagte der Kommandant, in Kurland warten sie auf uns.

Nachdem wir gestoppt hatten, driftete das Rettungsfloß an unserer Bordwand entlang, eine Leine flog hinunter, die einer der beiden barfüßigen Soldaten auffing und an einem Querholz festmachte. Sie waren waffenlos, ihr Besitz lag in einer zusammengebundenen Zeltbahn, die sie an Bord gehievt haben wollten, bevor sie selbst das Floß verließen. Sie brauchten Hilfe bei ihrem Versuch, das ausgebrachte Fallreep hinaufzuklimmen, und bei ihrem Gang zur Kajüte mußten sie gestützt werden. Gerade hatten wir Fahrt aufgenommen, als von Westen her, knapp überm Wasser, mehrere Maschinen auf uns zuflogen; wie aus dem Horizont geschleudert, schossen sie heran, ihre Propeller blitzten und schienen sich sirrend vor und zurück zu bewegen, wie in Filmen. Noch röhrte und quakte unser Alarmhorn, da schlugen schon, scharfe Fontänen aufwerfend, die Geschosse ins Wasser, sägten übers Deck, über Brücke und Vorschiff, einer von uns wurde in die Nock geschleudert; unser Zwillingsgeschütz schwang herum und feuerte mit Leuchtspurmunition, die Geschoß-bahnen gingen über die Maschinen hinweg. Es war der einzige Anflug. Der tote Signalgast wurde in Segeltuch geschnürt – nicht eingenäht, son-dern nur geschnürt – und, mit zwei Gewichten beschwert, übers Heck dem Wasser übergeben.

Der Steuermann sprach mit den barfüßigen Soldaten; sie hatten zu einem Stab gehört, der in einem pommerschen Hafen aufgebrochen war, auf einem bewaffneten Schlepper. Ein Tanker hatte sie nachts gerammt. Sie wollten nicht glauben, daß wir nach Kurland unterwegs waren, Angst lag auf ihren Gesichtern; der, der für beide sprach, bat darum, irgendwo an Land abgesetzt zu werden. Sie hielten sich aneinander fest. Es wurde ihnen gesagt, daß sie, da wir unterwegs keinen Hafen an-laufen würden, während der ganzen Fahrt an Bord bleiben müßten. Der, der für beide sprach, sagte darauf leise und wie zu sich selbst: Aber es geht doch zu Ende, vielleicht ist alles schon zu Ende.

Auch der verschärfte Ausguck meldete nichts. Wir liefen auf nordöstlichem Kurs, mitunter gerie-ten wir in sehr leichte Nebelbänke, die die Sonne schwach durchdrang; die See blieb ruhig. Kaum

Wind. Wandernde Kolonien von Quallen, die sich unter ebenmäßigen Kontraktionen fortbewegten, gaben dem Wasser einen milchigen Schimmer; wenn wir hindurchpflügten, glänzte es tausendfach neben der Bordwand auf. Einmal sichteten wir eine flache Rauchfahne, die wie herkunftslos am Horizont lag. Die Stille, der Raum, die Leere: sie gaben uns das Gefühl, durch ungefährdetes Gebiet zu fahren, durch verschonte Weite – für Augenblicke zumindest. Wir fuhren unter Kriegswache. Überall auf ihren Gefechtsstationen saßen und standen sie zusammen, ihre Diskussionen hörten nicht auf.

Der Funkmaat selbst brachte das Gerücht zur Brücke; er rückte nicht gleich damit heraus, er erzählte zunächst von den Rettungsmaßnahmen für die »Cap Beliza« – vier Schiffe, darunter zwei Zerstörer, waren bei ihr –, studierte die ausliegenden Karten und überschlug unseren Kurs, stand danach eine Weile rauchend in der Brückennock, und erst kurz bevor er uns verließ, im Wegdrehen, sagte er: Da läuft etwas, da liegt was in der Luft. Was meinst du, fragte der Steuermann. Kapitulation, sagte der Funkmaat. Wenn mich nicht alles täuscht, stehen wir kurz vor der Kapitulation.

Recht voraus hob sich ein mächtiges weißes Schiff über die Kimm, ein schwedischer Passagierdampfer, Blau und Gelb an der Bordwand und an den beiden Schornsteinen, er lief mit voller Fahrt, selbstbewußt, im Schutz der Neutralität; auf dem Sonnendeck Passagiere in Liegestühlen, vermutlich in Kamelhaardecken gehüllt, Paare flanierten oder standen entspannt an der Reling, während Stewards mit Tabletts nach ihren Auftraggebern spähten.

Es war nicht leicht, geradeaus zu blicken, über das Ruder hinweg, als sie hinterm Rücken wieder anfingen, als der Steuermann fragte: Was dann, Tim, was dann, wenn es eintrifft; und der Kommandant nach einer Pause sagte: Zerbrich dir nicht den Kopf, bei der Flottille werden sie uns nicht vergessen.

»Und wenn sie auf einmal schweigt?«
    »Wir haben einen Auftrag.«
    »Nicht nur einen.«
    »Wie meinst du das?«
    »Das Boot. Die Besatzung. Es ist zu Ende, Tim.

Sie sind in Berlin … Wir kommen nie durch nach Kurland. Warum willst du alles aufs Spiel setzen?«

»Was schlägst du vor?«

»Wir laufen nach Kiel. Oder nach Flensburg. Heil zurückkommen: das ist auch ein Auftrag. Der letzte.«

»Ich denk an die armen Hunde … Die ganze Nehrung soll voll sein, die Nehrung vor Libau. Verwundet in Gefangenschaft … Stell dir vor: du kommst verwundet in Gefangenschaft. Beim Iwan.«

»Wenn's nur eine Chance gäbe … Du kennst mich, Tim. Aber ich sag dir: Wir werden keinen rausholen. Wir liegen alle im Bach, noch bevor die Küste in Sicht ist. Und so denken viele …«

»Wen meinst du?«

»Die Besatzung. Es hat sich rumgesprochen, daß bald Schluß ist.«

»Wir müssen es riskieren.«

»Die Leute sind anderer Meinung.«

»Und du, Bertram?«

»Bring sie nach Haus. Ich kann dir nur sagen: Bring sie nach Haus.«

Die Backen waren von der Freiwache besetzt; hier droschen sie Doppelkopf, dort lag einer mit

14

dem Oberkörper auf der Tischplatte und schlief; unter den Bulleyes erregten sie sich in vorsichtigem Gespräch, vor der Spindwand kauten sie ihre unförmigen Schmalzfleischstullen und tranken dazu Kaffee aus Aluminiumbechern. Es roch nach Öl und Farbe. Der Neue, ein sehr junger Bursche in ledernem Overall, saß für sich und las, las und schloß die Augen und lehnte sich zurück, beide Handflächen auf dem fleckigen Buch.

Die Vibrationen des Bootes: jetzt, in einem Augenblick der Ruhe, waren sie überall spürbar. Plötzlich öffnete der Funkmaat das Schott, trat langsam ein, versteifte, sein Blick ging über uns hinweg, er stand da, als lauschte er, nicht uns, nicht den verhaltenen Stimmen unterm Bulleye, sondern fernen Signalen, einem Knistern im Äther, das ihn ratlos machte, nicht unglücklich oder verzweifelt, sondern nur ratlos, und da er seine Haltung nicht veränderte, zog er wie von selbst alle Aufmerksamkeit auf sich. Was issen los? rief einer. Bei Lüneburg, sagte er leise, Friedeburg hat unterzeichnet, Generaladmiral von Friedeburg: die Kapitulation. Und in die Stille hinein sagte er mit fester Stimme: An der ganzen britischen Front haben wir kapituliert, auch in Holland, auch hier in Dänemark. Er ließ sich eine Zigarette geben und sagte: In Montgomerys Hauptquartier bei Lüneburg. Dann blickte er von einem zum andern, dringlich, auffordernd, auf eine einzige Gewißheit aus, doch keiner von uns wagte sich mit einem Wort hervor. Keiner von uns rührte sich, starr nur saßen wir da, wie angeschweißt, eine ganze Weile. Der erste, der sichtbar reagierte, war Jellinek, unser ältester Feuerwerker – auf MX12 wurde gemunkelt, daß er in langer Fahrenszeit zweimal degradiert worden war. Ruhig stemmte er sich von der Back ab, trat an sein Spind, zog unterm Wollzeug eine Rumflasche hervor und setzte sie mit einladender Geste ab. Er fand keine Zustimmung, niemand griff nach seiner Flasche, alle Blicke richteten sich wieder auf den Funkmaat, geradeso, als habe der noch nicht alles gesagt, als halte er etwas in petto, das uns direkt betraf, unser Boot. Kaum einer sah, daß dem Neuen Tränen in den Augen standen.

Unterm Abendrot lag die Ostsee wie gedämmt da, die zerlaufenden Farben fanden sich zu mutwilligen Gebilden, hier und da schäumte das Wasser, brauste und kochte – dort, wo Makrelen in gestellte

Heringsschwärme hineinschossen. Der Kommandant ließ sich Tee auf die Brücke bringen; beim Rauchen umschloß seine Hand aus Gewohnheit den Pfeifenkopf, um den schwachen Schein der Glut zu verbergen. Dem Ausguck schien es an der Zeit, die Gläser zu wechseln, das Tagglas gegen das schwere Nachtglas; wie mechanisch er sich in den Hüften drehte, während er den Horizont absuchte. Es gab nichts zu melden; MX12 lief mit Marschfahrt durch die zögernde Dunkelheit – ein, wie es schien, unauffindbares Ziel in der Weite der See.

Keiner schlief, wollte schlafen; das Boot war abgeblendet; sie saßen um die Backen herum in trüber Notbeleuchtung und hörten dem alten Feuerwerker zu, der zu wissen schien, was die Kapitulation für MX12 bedeutete. Das ist klar, sagte er, das ist doch immer so: Festliegen bis zur Übergabe; keine Beschädigungen, keine Selbstversenkung, und schon gar keine Unternehmung. Er hob den Kopf, deutete in Richtung zur Brücke und zuckte die Achseln, resigniert, verständnislos, als wollte er sagen: Sie haben wohl nicht begriffen da oben, wissen wohl nicht, daß sie auf Gegenkurs gehen müssen, zurück zu unserm Liegeplatz. Einer sagte: Das wär 'n Ding, wenn wir jetzt noch eins verpaßt bekämen, nach der Kapitulation – worauf der Neue, der lange brütend dagesessen hatte, mit gepreßter Stimme bemerkte: Geht doch in die Boote, steigt doch aus, wenn ihr Schiß habt. Ihr müßtet euch mal hören können – zum Kotzen.

Ein tiefliegendes Schiff kam auf, ein Tanker, der in der lichten Dunkelheit westwärts lief, und noch bevor er achteraus war, gaben sie U-Boot-Alarm für MX12. Der Tanker änderte sogleich seinen Kurs und drehte mit äußerster Kraft ab, während wir auf die Stelle zuliefen, an der der Ausguck das Periskop entdeckt hatte, seine glimmende Bahn – wobei keinem auf der Brücke klar war, was der Kommandant mit diesem Manöver bezweckte, denn wir hatten keine Wasserbomben an Bord. Vielleicht glaubte er das U-Boot rammen zu können, vielleicht wollte er auch nur durch unsere Angriffsfahrt dem Tanker eine Chance verschaffen, zu entkommen; jedenfalls überliefen wir das Gebiet mehrmals, die Geschütze waren besetzt, erst nach längerer Suche nahmen wir den alten Kurs wieder auf. Rausholen, sagte der Kommandant, jetzt können wir nur noch das tun: so viele wie möglich rausholen.

»Wir haben kapituliert, Tim«, sagte der Steuermann.

»Es ist eine Teilkapitulation.«

»Du weißt, woran die uns bindet.«

»Ob wir morgen übergeben oder übermorgen … und wenn wir bloß eine Handvoll in den Westen bringen … Die Seekriegsleitung hat nur noch dieses Ziel: unsere Leute in den Westen zu bringen … aus dem Osten zu holen … Wo willst du das Boot übergeben?«

»Wo? Vielleicht in Kiel. Oder in Flensburg.«

»Du bist also entschlossen?«

»Ja. Wir gehen nach Kurland und nehmen die Leute auf und dann: heimwärts.«

»Du weißt, daß alle Unternehmungen abgebrochen werden müssen.«

»Dies ist unser letztes Unternehmen.«

»Sie können uns belangen. Dich. Die Besatzung.«

»Was ist los mit dir, Bertram?«

»Hör zu, Tim. Die Leute warten unten. Sie machen das nicht mit. Das Risiko – es lohnt sich nicht. Nach der Kapitulation.«

»Und was wollt ihr?«

»Daß du auf Gegenkurs gehst.«

»Redest du für sie?«

»Für sie. Und für die Vernunft. Aber rede selbst mit ihnen. Nach allem … Sie haben nur einen Wunsch nach allem: daß du sie nach Hause bringst.«

»Ist dir klar, was das bedeutet?«

»Sie sind entschlossen.«

»Ich frage nur: Wißt ihr, was das bedeutet?«

»Sie haben ein Recht darauf. Jetzt, wo alles vorbei ist.«

»Was ihr vorhabt – es kann ins Auge gehen … Bertram, ich hab die Verantwortung für das Boot. Ich gebe hier die Befehle.«

Noch bevor die Mittelwache aufzog, besetzten sie die Brücke; sie stapften unduldsam und entschieden herauf, sechs oder acht Männer, die offensichtlich auf Widerstand gefaßt waren, zumindest aber auf Weigerung, und die nun, da ausblieb, womit sie gerechnet hatten, die Karabiner über die Achsel hängten, Lauf nach unten. Sie umringten den Kommandanten, der ihr Schweigen aushielt und ruhig weiterrauchte; zwei von ihnen drängten den Ersten Wachoffizier in den Kartenraum. Einen Augenblick sah es so aus, als habe sie der

Mut verlassen oder als sei ihnen allen gleichzeitig das Risiko des ersten Satzes aufgegangen. Ich stand am Ruder und spürte ihre Betretenheit, ihr Zaudern, spürte aber auch, je länger das Schweigen dauerte, eine seltsame Verlegenheit, die wohl deshalb auftrat, weil der begründete Respekt, mit dem sie dem Kommandanten bisher begegnet waren, immer noch vorhanden und wirksam war. Aber dann stiegen der Feuerwerker und der Steuermann herauf, sie schienen sich abgesprochen, die Rollen verteilt zu haben. Sie zwängten sich durch die dichtgedrängt stehenden Männer, und der alte Feuerwerker suchte den Blick des Kommandanten und sprach ohne besondere Härte die Forderung der Besatzung aus. Seine ersten Sätze schienen noch von der Hoffnung erfüllt, daß der Kommandant die Forderung der Leute anerkennen und ihr, wenn auch nur widerstrebend, nachkommen würde. Er sagte: Sie wissen, Herr Kaleu, daß wir zu Ihnen stehen. Die meisten von uns sind alle Unternehmen mitgefahren. Manch einer weiß, was er Ihnen zu verdanken hat, auch persönlich. Nun ist das Ende da. Und wir haben nur eine Bitte: Geben Sie den Befehl, zurückzulaufen. Der Kommandant sah von einem zum andern, sah den Halbkreis der dunklen Gesichter ab. Er schien sich nicht bedroht zu fühlen. Er sagte: Geht auf eure Station, los; und, da sich niemand rührte: Auf Station, hab ich gesagt! Unerregt klang seine Stimme, beherrscht wie immer, und sie blieb sich gleich, als er nach einigem Warten feststellte: Das ist Befehlsverweigerung.

Der Feuerwerker sagte: Wir wollen nur heil nach Hause, gehen Sie mit uns zurück, Herr Kaleu.

Nach einer Warnung, die einigen fast familiär vorkam – macht euch nicht unglücklich, Leute –, erinnerte der Kommandant die Männer daran, daß MX12 einen begrenzten Auftrag habe, und erklärte, daß er diesen Auftrag auszuführen gedenke, es sei denn, das Flottillenkommando ändere seine Befehle.

Jeder merkte, daß dies die letzte Chance war, die er den Besetzern der Brücke geben konnte, und als ob er erproben wollte, wieviel er mit seinem Appell erreicht hatte, bewegte er sich rückwärts zum Kartenhaus, augenscheinlich um den I. W. O. herauszuholen. Auf einen Wink des Feuerwerkers traten zwei Männer hinter ihn und vereitelten seine Absicht. Gut, sagte der Kommandant tonlos, also gut; gemeinschaftliche Befehlsverweigerung auf See, das ist Meuterei. Gehen Sie in Ihre Kammer, sagte der Feuerwerker, Sie und der I. W. O. Für die Dauer der Heimfahrt stehen Sie unter Arrest. Hört zu, sagte der Kommandant, hört gut zu, noch habe ich das Kommando an Bord; was ihr tut, das ist Meuterei. In die Spannung hinein, in die Ungewißheit hörten wir plötzlich den Steuermann sagen: Ich enthebe Sie des Kommandos. Um die Sicherheit des Bootes und seiner Besatzung zu gewährleisten, übernehme ich, mit allen Konsequenzen, das Kommando an Bord. Ich werde mich dafür verantworten. Das war so belegt und formelhaft gesprochen, daß ich mich erst umwenden mußte, um mich zu vergewissern, daß es wirklich der Steuermann war, der diese Sätze gesagt hatte. Der Kommandant und er, sie standen sehr dicht voreinander, ihre Körper berührten sich nahezu. Sie achteten nicht auf die Läufe der Karabiner, die sich ihnen mechanisch entgegenhoben.

Unentdeckt, unter schleirigem Mond, drehte MX12 bei glatter See auf Gegenkurs, der schäumende Bogen des Heckwassers starb schnell weg. Ein ferner Beobachter hätte von unserem plötzlichen Manöver den Eindruck haben können, an Bord sei man einem überraschenden Befehl oder einfach einer Laune gefolgt oder, da wir bald mit äußerster Kraft auf Gegenkurs abliefen, einer panischen Eingebung. Wer konnte, hielt sich an Deck auf, an Deck oder auf der Brücke, wo es so eng war wie nie zuvor; das bedrängte sich, schob sich aneinander vorbei, befragte und vergewisserte sich, immer wieder wollte einer von mir erfahren, welcher Kurs anliegt. Nach Kiel also? Ja, nach Kiel. Freude war es nicht, die sie so erregt machte, die sie veranlaßte, den Steuermann zu umlagern, der verschlossen auf einem Segeltuchstuhl hockte mit hängenden Schultern, Freude nicht.

Der Steuermann prüfte den Inhalt seines Tabakpäckchens, kniff einen langen, faserigen Batzen für sich heraus, schloß das Päckchen wieder und übergab es dem Feuerwerker. Bringen Sie das dem Kommandanten, sagte er. Der Feuerwerker lächelte. Er fragte belustigt: Erkennst du mich nicht wieder, Bertram? Der Steuermann schwieg, die Frage schien ihn nicht erreicht zu haben; ohne hinzusehen, stopfte er sich die Stummelpfeife und hielt sie kalt zwischen den Zähnen.

»Du hast dir nichts vorzuwerfen«, sagte der Feuerwerker. »Du mußtest das tun.«

»Die Besatzung soll auf Station gehen«, sagte der Steuermann. »Alle. Wir gehen Kriegswache bis Kiel. In ein paar Stunden wird es aufhellen.«

»Gut, Bertram. Du kannst dich auf uns verlassen.«

»Die beiden Landser bleiben unter Deck.«

»Sie wissen, daß es nach Hause geht. Sie wollen hier rauf – dir danken.«

»Ihren Dank können sie für sich behalten.«

»Soll ich dir was bringen lassen? Tee? Brot?«

»Nichts. Ich brauch nichts.«

»Ich möchte dir noch was sagen, Bertram. Du kennst meine Papiere. Du weißt, daß sie mich degradiert haben ... Beide Male wegen Befehlsverweigerung. Und ich würd's wieder machen ... wieder, ja ...«

»Ist gut.«

»Du verstehst, was ich sagen will. Ich kann einen Befehl nur ausführen, wenn ich ihn einsehe. Wenn er sich verantworten läßt. Man muß ein Recht haben, zu fragen ...«

»Noch was?«

»Du denkst an den Alten, nicht? Mancher kann eben nicht über seinen Schatten springen. Vielleicht aber denkt er so wie wir … Für sich, meine ich, insgeheim …«

»Bring ihm den Tabak.«

Zuerst meldete der Ausguck nur ein Fahrzeug steuerbord voraus; langsam hoben sich die Aufbauten herauf, die Silhouette wurde bestimmbar, und nach einer Weile wußten wir, daß es MX18 war, unser Schwesterschiff. Es lief westnordwestlichen Kurs, vermutlich zu den Inseln; bei seinem Anblick konnte man das Gefühl haben, sich selbst zu begegnen. Alle bei uns sahen hinüber, alle warteten wir, beklommen oder gespannt, und dann zuckte ein Licht auf, ihr Signalscheinwerfer rief uns an, K an K, Kommandant an Kommandant. Unser zweiter Signalgast hob die Klappbuchse auf das Gestänge der Brückennock, bereit, zu antworten, er sprach die Anfrage mit, die sie drüben wiederholten, K an K, immer nur dies, ausdauernd, fordernd, doch wir gaben keine Antwort.

Mehrmals blickte sich der Signalgast zum Steuermann um, besorgt, er könnte eine Anweisung überhört haben; der Steuermann stand nur aufmerksam da und spähte hinüber, ohne sein Glas zu Hilfe zu nehmen.

Er ließ die Anfragen unseres Schwesterschiffes unbeantwortet, und da auf seinen Befehl auch unser Funkschapp vorübergehend schwieg, entgingen wir jeder Rechenschaft – von den andern vermutlich als Penner verdammt und weniger argwöhnisch als kopfschüttelnd beobachtet.

Im Morgengrauen brachten sie Brot und heißen Kaffee auf die Brücke, und wir aßen und tranken wortlos und sahen über die graue, stille See, auf der sich bald das erste Licht brechen würde. Es war keine vollkommene Stille, einem geduldigen Blick entging nicht, wie aus der Tiefe Bewegung entstand, sanfte Wellen, die für kurze Zeit einer Richtung folgten und sich dann verliefen. Die Wolkentürme über der Kimm änderten ihre Form, zogen sich zusammen und teilten sich. Der Feuerwerker brachte dem Steuermann den Tabak, den der Kommandant zurückgewiesen hatte.

Bei der Flottille hatten sie uns nicht vergessen. Sie schickten einen Funkspruch, der den Steuermann unsicher machte für eine Weile; obwohl ich selbst den Text nicht gelesen habe, hörte ich aus den schleppenden Beratungen heraus, daß die Flottille das Unternehmen, auf dem sie uns glaubte, bestätigte, und nicht nur dies: sie wies uns an, den Kurs leicht zu ändern und querab von Gotland ein Schwesterschiff zu treffen, MX21; mit ihm gemeinsam sollten wir die Fahrt nach Kurland fortsetzen. Sie verlangten genaue Positionsangabe. Noch während sie beratschlagten, Antworten erwogen und verwarfen, wurde ein zweiter Funkspruch empfangen, der die Fortsetzung des Unternehmens auf eigene Faust empfahl; MX21 trieb nach einem Fliegerangriff manövrierunfähig mit Maschinenschaden. Regungslos bedachte der Steuermann die Vorschläge, die ihm der Funkmaat und der Feuerwerker machten, vielleicht nahm er sie auch gar nicht zur Kenntnis und nickte nur von Zeit zu Zeit verloren, um Aufmerksamkeit vorzutäuschen; jedenfalls war es zum Schluß sein eigener Text, den er an die Flottille durchgeben ließ. Um Boot und Besatzung nicht zu gefährden, meldete er, mußte das Kommando gewechselt werden; MX12 werde nach Kiel laufen und dort weitere Befehle abwarten.

Wir hätten die Fahrt herabsetzen sollen. Die Fischkutter hatten ihre Netze ausgebracht, kleine, nebelgraue Kutter, die allesamt schleppten im frühen

Licht und von den schweren Stahltrossen auf der Stelle gehalten zu werden schienen. Rasch kamen wir auf, niemand dachte daran, die plumpe Armada zu umgehen, auf der sich kaum ein Mann zeigte. Alle Kutter führten den Danebrog-Wimpel. Wir liefen in voller Fahrt zwischen ihnen hindurch, immer noch fern genug, als daß wir eines ihrer Netze hätten wegschneiden können, aber doch so nah, daß ihre Boote in unserer Bugsee schwankten und die flaschengrünen Glaskugeln der Netze torkelten. Da trat einer der Fischer aus seinem engen selbstgebauten Steuerhaus, trat sichtbar heraus und drohte uns. Jetzt können sie sich's wieder leisten, sagte der Feuerwerker, jetzt können sie sich's leisten, uns zu drohen.

Die Inseln kamen in Sicht, wir wollten sie an Steuerbord passieren, um dann auf südlichen Kurs zu gehen, als sich aus dem verwaschenen Blau ein Fahrzeug löste, ein flaches Boot, das mit hoher Geschwindigkeit an den ankernden Schiffen vorbeilief, eines der neuen Schnellboote. Der Bug hatte sich aus dem Wasser gehoben, Gischt und weißer Qualm verbargen das Heck. Es hielt auf uns zu, die breite, blasige Bahn, die es über die ruhige See zog, bog sich zu uns hin, als wir den

Kurs leicht veränderten – fast sah es so aus, als suchte das Boot die Kollision. Sie meinen uns, sagte der Steuermann und gab dem Signalgast ein Zeichen, sich bereit zu halten. Wir gingen mit der Fahrt herunter, das Schnellboot umrundete uns einmal, und dann sahen wir mit bloßem Auge, wie sich die Klappen der beiden Torpedorohre öffneten. Ihr Schnellfeuergeschütz blieb unbesetzt, nur die beiden Torpedorohre waren auf uns gerichtet, gegen unsere zerschrammte, verbeulte Breitseite, das heißt mit dem nötigen Vorhaltewinkel – kein Manöver hätte uns da helfen können. Wie sie uns beobachteten! Sie ließen sich Zeit mit dem Befehl, warteten mit gedrosselten Motoren, ihrer Überlegenheit gewiß – vielleicht kam es uns auch nur so vor. Endlich gaben sie den Befehl: Zurücklaufen in den Sund, zu unserem alten Liegeplatz, und MX12 nahm wieder Fahrt auf, eskortiert von dem Schnellboot, das sich achteraus an der Backbordseite hielt und das, bei aller Verhaltenheit, die Kraft ahnen ließ, über die es verfügte. Von weitem gesehen, riefen wir wohl den Eindruck hervor, unter Bedeckung zu fahren, mit irgendeiner kostbaren Fracht an Bord. Der Feuerwerker setzte das Glas ab und trat neben den Steuermann.

30

»Wir hätten die Fahrt fortsetzen sollen, Bertram. Ich glaube nicht mal, daß die Torpedos an Bord haben.«

»Das glaubst du.«

»Und wenn … Die hätten MX12 doch nicht versenkt. Schau mal rüber.«

»Du kennst die Befehle nicht, die sie haben. Ich will nichts riskieren.«

»Außerdem … sie haben kein Recht. Die Kapitulation ist doch unterschrieben. Die Gesetze gelten auch für sie. Von Rechts wegen müßten die an der Pier liegen und auf die Übergabe warten … wie wir … wie alle.«

»Sag ihnen das mal.«

»Glaubst du wirklich, die würden uns fertigmachen?«

»Ja. Es sind Landsleute. Vergiß das nicht.«

»Du meinst, wir haben noch einiges zu erwarten?«

»Es wird einen Empfang geben; auf unsere Art.«

»Die Besatzung ist auf deiner Seite.«

»Wir wollen sehen.«

»Soll ich mal anfragen lassen?«

»Was?«

»Die da drüben auf dem Schnellboot … vielleicht haben die noch nicht mitbekommen, daß alles vorbei ist. Kann doch sein.«

»Die tun ihre Pflicht. Oder das, was sie dafür halten.«

Ein schlaffer Danebrog hing über der bröckelnden Festung, auch das Krankenhaus war beflaggt und die Auktionshalle der Fischer und sogar der ramponierte Bagger, der nach einer mysteriösen Explosion seine Eimerkette verloren hatte. Staunend sahen sie von den Ufern zu uns herüber, als wir durch den Sund in den Hafen einliefen; offenbar hatte niemand angenommen, daß MX12 noch einmal zurückkehren, wie immer in der Mitte des Hafenbeckens wenden und vor dem Gebäude des Hafenkommandanten festmachen würde. Jetzt, im Hafen, ließ der Kommandant unserer Eskorte das Schnellfeuergeschütz besetzen; sie warteten, bis wir angelegt hatten, dann wendete auch das flache, schlanke Boot und ging hinter uns an die Pier.

Sie hatten uns erwartet. Kaum waren die Leinen rübergegeben, als ein bewaffneter Zug – Seestiefel, Koppelzeug, Karabiner umgehängt – aus dem

Schatten der Kommandantur heranmarschierte, von einem Offizier befehligt, der seinen Auftrag so sicher erfüllte, als hätte er alle Einzelheiten vorher geübt. Er ließ den Zug vor dem Laufsteg halten, kam mit raschen Schritten an Bord und ging blicklos und ohne Zögern an unseren Männern vorbei zur Kammer des Kommandanten, wo er bei offener Tür weniger verhandelte als Meldung überbrachte und danach den Kommandanten und den Ersten Wachoffizier an den Laufsteg geleitete.

Der Kommandant sprach mit keinem von uns. Er sah nicht zur Brücke hinauf, wandte sich nicht ein einziges Mal um; achtlos und in sich gekehrt ging er auf das getünchte Gebäude zu, ohne dem I. W. O. zu danken, der ihm die Tür aufhielt. Nachdem er verschwunden war, gab der Offizier zwei Marinesoldaten einen Wink, und zu dritt erschienen sie auf der Brücke; ernste, verschattete Gesichter.

Sie sind festgenommen, sagte der Offizier, und das war schon alles, kein erläuterndes Wort, keine bedauernde oder auffordernde Geste, nur diesen einzigen Satz, der für uns alle auf der Brücke galt. Beim Abstieg spürte ich die Erschöpfung; wir alle mußten uns am Geländer festhalten, auch der

Steuermann. An Deck, vor dem Laufsteg, sammelte sich die Besatzung, widerwillig öffneten die Männer eine Gasse für uns, manche nickten uns aufmunternd zu, stupsten uns zuversichtlich. Bis bald, sagten sie, oder: Nur ruhig Blut, oder: Das kriegen wir schon hin. Ein Befehl des Offiziers forderte sie auf, sich bereit zu halten.

Bevor wir die Kommandantur betraten, drehte ich mich noch einmal um und sah zu unserem Boot zurück und hinüber zum anderen Ufer, zu den Kuttern und Prähmen, wo sie in diesem Augenblick nicht ihrer Arbeit nachgingen, sondern starr zu uns herüberlinsten, gebannt von einem Ereignis, für das sie keine Erklärung fanden.

Es muß ein Archivraum gewesen sein, in den sie uns führten. Auf dunkelgebeizten Regalen standen Ordner, Handbücher, lagen eingerollte Plakate und verschnürte Packen von Formularen und Berichten – ein Teil der offiziellen Geschichte des kleinen Hafens. Türen und Fenster hatten Milchglasscheiben, die Doppelposten waren nur als verschwommene Silhouetten erkennbar. Einer von uns ging zu einem gesprungenen Handstein und trank aus dem Strahl, und vier andere taten es ihm nach.

Nach einer Weile setzten wir uns auf den Tisch, auf den Fußboden; ich spürte einen ziehenden Schmerz hinter den Schläfen, ich lehnte mich gegen die Heizung und schloß die Augen. Trotz der Müdigkeit konnte ich nicht schlafen, da der Feuerwerker unaufhörlich redete; für jeden hatte er ein Wort übrig, jedem glaubte er versichern zu müssen, daß sich alles sogleich als Irrtum herausstellen werde; den Geistern habe die Stunde geschlagen. Er sagte: Ich lach mir einen Ast, wenn die Tür aufgeht, und der englische Commander lädt uns zum Tee ein. Er blickte verständnislos, als der Signalgast ihn zunächst gequält darum bat, zu schweigen, und ihn, da er weitersprach, kurz darauf anschrie: Halt die Schnauze, oder es passiert was. Der Feuerwerker ging zur Tür und lauschte, er bewegte den Drücker behutsam, er war überrascht, als die Tür sich öffnete, fing sich aber gleich wieder beim Anblick der beiden Posten und fragte sie, was denn hier »steigen« solle. Einer der Posten sagte: Mach keinen Quatsch, Kamerad, und verzieh dich, los. Ob die Engländer schon da seien, wollte der Feuerwerker wissen, ob man die Übergabe der Boote schon terminiert habe, worauf dem Posten nicht mehr einfiel als: Halt die Klappe und mach die Tür zu.

35

Zu ungewohnter Zeit schleppten sie einen Aluminiumkessel und Kochgeschirre zu uns herein, ein blasser Hüne in Drillichzeug schöpfte jedem eine Portion ab, glasige Nudeln, in Speck gebraten – wie verbissen er die Portionen verteilte, wie hastig, seine Stirn glänzte vor Schweiß. Nicht ein einziges Mal reichte er die gefüllten Geschirre weiter, er kleckste sie nur voll und ließ sie auf dem Tisch stehen, und es war ihm Erleichterung anzumerken, als er uns verließ. Während wir aßen, wurden die Posten abgelöst, wir hörten ihre formelhaften Verständigungen hinter dem Fenster, hinter der Tür. Der Steuermann aß nur sehr wenig, mit müder Geste stellte er uns frei, den Rest seiner Portion aufzuteilen. Sein einziges Interesse schien der Tageszeit zu gelten: mehrmals stand er auf und betrachtete den Himmel.

In der Dämmerung belebte sich das Gespräch, jeder wußte etwas, ahnte etwas, aus jeder Ecke boten sie ihre Bekenntnisse an, ihre Mutmaßungen, das ging kreuz und quer, hielt sich an keine ruhige Folge. Einer sagte: Von der Besatzung ist nichts zu sehen und zu hören, und der andere: Kapituliert ist kapituliert; da hört jede Befehlsgewalt auf. Unerregt lösten sich die Stimmen ab.

»Möchte nur wissen, was sie mit uns vorhaben.«

»Sie können doch nicht die ganze Besatzung …«

»Bei kleinem sollten sie uns mal Bescheid stoßen.«

»Der Alte diktiert wohl sein Protokoll.«

»Meuterei können die uns nicht anhängen.«

»Vielleicht haben sie sich schon abgesetzt, die da oben.«

»Ich hau mich hin, weckt mich, wenn was Wichtiges passiert.«

Auf einmal war es still; sie reckten sich, sie horchten, lauschten dem Geräusch schwerer Wagen, die unter den Fenstern hielten, eiligen Schritten und einer formellen Begrüßung beim Eingang.

Alle sahen dem Steuermann zu, der im letzten Licht aufstand, an die Regale trat und hastig Ordner und Formulare durchstöberte, bis er ein kaum beschriebenes Blatt gefunden hatte. Er riß es heraus, trug es zum Fensterbrett und begann stehend zu schreiben – er schrieb, ohne abzusetzen; alles schien vorbedacht; wir wußten nicht, was er schrieb, doch jeder von uns hatte das Gefühl, daß es auch ihn anging und mitbetraf, und vielleicht war dies der Grund, warum keiner zu sprechen wagte. Große Umschläge lagen bei den Handtüchern; der Steuermann entleerte einen, kreuzte die Anschrift durch und schrieb einen Namen in Blockbuchstaben drauf, Dienstgrad und Namen des Kommandanten. Dann faltete er den Umschlag, kam zu mir und ließ sich erschöpft neben mir nieder. Hier, sagte er, geben Sie das dem Kommandanten, irgendwann.

Einer von uns rief »Achtung!«, und wir standen auf und nahmen Haltung an vor einem noch jungen, grauhaarigen Offizier, der, ohne anzuklopfen, hereingekommen war. Er winkte ab. Eine Weile stand er grüblerisch da, dann schlenderte er von einem zum andern, nickte jedem zu, bot aus einer Blechschachtel Zigaretten an, wobei ich sah, daß ihm drei Finger an der rechten Hand fehlten. Er hob sich aufs Fensterbrett hinauf und sagte, auf den Fußboden hinabsprechend: Ich bin Ihr Verteidiger, es sieht schlecht aus, Männer; und mit schleppender Stimme fügte er hinzu: Die Anklage lautet auf Bedrohung eines Vorgesetzten, Befehlsverweigerung und Meuterei.

Die Stille, diese vollkommene Stille auf einmal, keiner von uns hob die Zigarette an den Mund.

Der erste, der sich faßte, war der Feuerwerker. Er fragte: Wir haben doch kapituliert? Ja, sagte der Offizier, eine Teilkapitulation ist unterzeichnet. Dann können wir doch nicht angeklagt werden, sagte der Feuerwerker, jedenfalls nicht vor einem deutschen Kriegsgericht. Für die Angehörigen der deutschen Kriegsmarine, sagte der Offizier, besteht die deutsche Militärgerichtsbarkeit weiter; sie ist ausdrücklich nicht aufgehoben. Aber wir sind doch, sagte der Feuerwerker, wir sind doch jetzt in britischem Gewahrsam? Ja, sagte der Offizier, aber das ändert nichts an der Justizhoheit. Er forderte uns auf, näher heranzukommen, und während er fast unbeweglich vor uns saß, ließ er sich erzählen, was an Bord von MX12 geschehen war.

Der Trigeminusschmerz hielt an, er pochte und brannte, und ein Auge begann zu wässern. Während wir einen trüben, von Posten gesicherten Gang hinabgingen, drückte ich ein Taschentuch leicht gegen Auge und Schläfe; ein Posten verstellte mir den Weg, ich mußte das zusammengelegte Taschentuch entfalten und hin und her schwenken. Danach gab er mir einen gefühlvollen Stoß, und ich schloß zu den andern auf, die wortlos in einer Reihe gingen, unter gerahmten Abbildungen von alten Schiffen. Der Gemeinschaftsraum, in den sie uns führten – es mag ein Speise- oder Vortragssaal gewesen sein –, war schlecht beleuchtet; an den Wänden standen Posten unter Stahlhelm, Maschinenpistole vor der Brust; zu beiden Seiten eines mächtigen, groben Tisches, von dem die Reichskriegsflagge herabhing, waren Bänke und Hocker aufgestellt, zu viele Bänke und Hocker. Wir waren acht. Wir marschierten – jetzt marschierten wir – über den Holzfußboden, von einem säbelbeinigen Bootsmann befehligt, traten vor den Bänken auf der Stelle, hielten auf sein Zeichen; setzen durften wir uns nicht. Dann erschien der Kommandant, ein Offizier geleitete ihn und den I. W. O. in den Raum, sie kamen durch dieselbe Tür, durch die auch wir eingetreten waren, sie gingen zu den Hockern uns gegenüber und stellten sich dort auf in Erwartung. Kein Blick, keine Erwiderung des Blicks; obwohl wir alle unentwegt zu ihm hinübersahen, wandte er uns nicht das Gesicht zu, er sah einfach an uns vorbei, geduldig, wie abwesend. Auch den I. W. O., der neben ihm stand, schien er nicht zu bemerken.

Der Marinerichter und die anderen traten

durch eine Seitentür ein, sie gingen schweigend auf den Tisch zu, sechs Männer, alle uniformiert, am Schluß der Verteidiger, und nachdem sie auf ein Nicken des Richters Platz genommen hatten, durften auch wir uns setzen. Geschäftsmäßig eröffnete der Richter die Verhandlung, ein älterer Mann mit eingefallenen Wangen und Tränensäcken unter den Augen, er sprach stoßweise, verhalten, ab und zu hob er das Gesicht und blinzelte in die Deckenbeleuchtung. Zuerst, als er die Anklagepunkte nannte, schien er nur mäßig beteiligt, doch als er unsere Namen nannte, Dienstgrad und Stammrolle, war es, als überwände er allmählich eine alte Müdigkeit; seine Stimme wurde deutlicher, mitunter akzentuierte er seine Worte, indem er mit einem Silberstift rhythmisch auf die Tischplatte klopfte. Mit einer gemessenen Handbewegung gab er das Wort an einen Offizier ab, der mir eigentümlich bekannt vorkam – vielleicht hatte ich sein Bild in einer Zeitschrift gesehen, das Bild eines helläugigen Mannes, der nur eine einzige hohe Tapferkeitsauszeichnung trug und dessen stumpfblondes Haar sehr kurz geschnitten war. Sorgsam hatte er seine Mütze vor sich auf den Tisch gelegt, sie hatte keine Delle, keinen Kniff,

41

der blaue Stoff war drahtsteif gespannt. Notizen halfen ihm, die letzte Fahrt von MX12 zu rekonstruieren: Zeit des Auslaufens, Bekanntgabe des Auftrags auf See, Beginn einer Verschwörung und bewaffnete Bedrohung des Kommandanten, die mit seiner Enthebung vom Kommando endete; schließlich Abbruch des Unternehmens und eigenmächtiger Entschluß, auf Gegenkurs zu gehen. Als er feststellte, daß diese Vorfälle sich zu einem Zeitpunkt ereigneten, da das deutsche Volk sich in einem »Schicksalskampf auf Leben und Tod« befand, blickte unser Verteidiger ihn forschend an und schrieb dann eilig etwas auf einen Merkzettel.

Der Kommandant tat nicht, was sie von ihm erwarteten; anstatt die Ereignisse an Bord zusammenhängend zu schildern, beschränkte er sich darauf, die Fragen zu beantworten, die ihm gestellt wurden – zögernd, und weniger an den hochdekorierten Offizier gewandt als an den Protokollführer, auf dessen Gesicht ein Ausdruck fortwährenden Staunens lag.

»Sagen Sie uns, wie Ihr Befehl lautete.«

»Kurland. Wir sollten nach Libau in Kurland laufen.«

»Mit welchem Auftrag?«

»Wir sollten Verwundete übernehmen.«

»Übernehmen?«

»Und rausbringen. Nach Kiel.«

»Kannte die Besatzung den Befehl?«

»Sobald wir auf See waren, habe ich ihn bekanntgegeben.«

»Die Besatzung kannte also den Befehl?«

»Jawohl.«

»Welchen Kurs wollten Sie laufen?«

»Nordöstlich, an den schwedischen Hoheitsgewässern entlang. Später wollten wir auf Südost gehen.«

»Wußten Ihre Leute, daß in Kurland noch gekämpft wird? Daß eine ganze Armee – obwohl eingeschlossen – heldenhaft Widerstand leistet?«

»Die meisten wußten es wohl.«

»Sie wußten also, daß ihre kämpfenden Kameraden Hilfe brauchten?«

»MX 12 hatte den Auftrag, Verwundete zu übernehmen.«

»Verwundete, ja, verwundete Kameraden, die seit Tagen auf der Nehrung vor Libau liegen. Und warten. Auf ihren Transport in die Heimat warten.«

»Das war uns bekannt.«

»So, bekannt. Und dennoch verweigerte die Besatzung den Befehl. Sie wußte, was auf dem Spiel stand, und verweigerte den Befehl. Aus Feigheit.«

»Es war nicht Feigheit.«

»Nicht? Was denn sonst?«

»Seit zwei Jahren bin ich Kommandant von MX12. Ich kenne die Männer. Es war nicht Feigheit.«

»Dann sagen Sie uns, warum die Besatzung den Kommandanten bedrohte. Warum er seines Kommandos enthoben wurde …«

»Das Risiko. Sie schätzten wohl das Risiko zu hoch ein.«

»War das auch Ihre Ansicht?«

»Nein.«

»Das Risiko eines Unternehmens zu kalkulieren ist Sache des Vorgesetzten. Er trägt die Verantwortung. Darin stimmen Sie mir doch zu?«

»Jawohl.«

Auf einmal, als der Verteidiger ihn bat, die Ereignisse auf der Brücke zu schildern, sah der Kommandant zu uns herüber. Sein Blick lief über uns hin und blieb auf dem Steuermann ruhen, lange;

es war, als ob sie sich blickweise austauschten, nicht hart und vorwurfsvoll, sondern eher fassungslos. Und nach einer Aufforderung des Verteidigers, die Vorfälle aus seiner Sicht darzustellen, erwähnte der Kommandant zuerst die umlaufenden Gerüchte über ein bevorstehendes Ende des Krieges, er sprach von der Stimmung, die diese Gerüchte auslösten – schon während der Liegezeit im Hafen, nicht erst auf See –, stellte aber auch fest, daß es an Bord keinen Verstoß gegen die Disziplin gegeben habe. Wir liefen befehlsgemäß aus, sagte er, die Besatzung bewährte sich bei einer Rettungsaktion und bei einem Fliegerangriff. Kurz vor dem Aufzug der Mittelwache wurde die Brücke besetzt, die Männer waren bewaffnet. Sie forderten, das Unternehmen abzubrechen und nach Kiel zu laufen. Das wurde ihnen verweigert. Steuermann Heimsohn enthob den Kommandanten des Kommandos. Er übernahm die Befehlsgewalt an Bord. Der Kommandant und der I. W. O. wurden unter Arrest gestellt.

»Herr Kapitänleutnant«, fragte der Verteidiger, »wußte die Besatzung, daß eine Teilkapitulation unterzeichnet war?«

»Jawohl«, sagte der Kommandant.

»Wann erfuhr sie es?«

»Wir waren etwa zehn Stunden auf See.«

»Haben Sie die Kapitulation bekanntgegeben?«

»Nein.«

»Aber Sie haben mit einzelnen Besatzungsmitgliedern darüber gesprochen?«

»Jawohl.«

»Mit wem?«

»Mit Steuermann Heimsohn.«

»In welchem Sinne? Können Sie sich erinnern?«

»Wir sprachen über die Bedingungen der Kapitulation.«

»Über die Bedingungen … Ihnen ist bekannt, daß eine Bedingung der Kapitulation Waffenruhe ist?«

»Jawohl.«

»Hätten Sie sich daran gehalten?«

»Ich glaube doch.«

»Auch wenn man Sie angegriffen hätte? Wenn sowjetische Flugzeuge MX12 angegriffen hätten?«

»Ich weiß nicht.«

»Um den Kapitulationsbedingungen zu genügen, hätten Sie aber auf jede Gegenwehr verzichten müssen. MX12 fällt unter britisches Gewahrsamsrecht. Eine weitere Bedingung besagt übrigens, daß alle Unternehmungen abzubrechen sind.«

»Ich bekam Befehle vom Flottillenkommando.«

»Das heißt: Sie hätten Ihren Auftrag in jedem Fall ausgeführt? Auch wenn Sie dabei die Bedingungen der Kapitulation verletzt hätten?«

»An etwas muß man sich halten.«

»Herr Kapitänleutnant, wie gut kennen Sie Ihre Besatzung?«

»Die meisten waren schon an Bord, als MX12 in Norwegen stationiert war.«

»Heißt das, daß Sie bereit waren, sich auf Ihre Männer zu verlassen?«

»Jawohl.«

»In jeder Lage?«

»In jeder Lage.«

»Hätten Sie je daran gedacht, daß man Sie Ihres Kommandos entheben könnte?«

»Nein. – Nein.«

»Wie, glauben Sie, konnte es geschehen? Was kam da zusammen?«

»Ich sagte es schon: das Risiko. Es erschien den meisten zu hoch. Sie gaben MX12 keine Chance, bis Kurland durchzukommen.«

»Könnte es sein, daß das Verhalten der Besatzung beeinflußt wurde durch die Nachricht von der Kapitulation?«

»Ganz bestimmt.«

»Es gibt da keinen Zweifel für Sie?«

»Keinen.«

»Mit anderen Worten: Halten Sie es für denkbar, daß die Besatzung Ihrem Befehl gefolgt wäre, wenn die Nachricht von der Kapitulation sie nicht erreicht hätte?«

»Wir sind viele Unternehmungen zusammen gefahren, auch schwierige.«

»Antworten Sie auf meine Frage.«

»Ich denke, wenn die Kapitulation nicht gekommen wäre, liefe MX12 jetzt mit Kurs auf Libau.«

Einmal machten sie eine Verhandlungspause, die am Tisch zogen sich zurück, dem Kommandanten und dem I. W. O. wurde freigestellt, den Raum zu verlassen, doch beide blieben. Sie neigten sich einander zu und flüsterten, so wie auch wir begannen, uns flüsternd abzustimmen – nach einem Augenblick höchster Erwartung, in dem wir, vom Gericht allein gelassen, gespannt zur Gegenseite hinübersahen, geradeso, als müßte nun etwas gesagt werden, was die andern nichts anging. Kein Wort, kein Zuruf, keine Beschuldigung; wir verharrten in schweigendem Gegenüber und wandten uns schließlich dem Nebenmann zu, der seine Ratschläge zu verteilen hatte, oder gaben selbst leise weiter, was wir für nützlich hielten. Nur der Feuerwerker flüsterte nicht, er nahm keine Rücksicht auf die anwesenden Posten vor den Türen; so, daß jeder es mitbekommen konnte, erklärte er, daß er dieses Kriegsgericht – er nannte es auch Verlegenheitsgericht – nicht anerkenne, da der Krieg vorbei sei, und daß Recht, wenn überhaupt, nur noch im Namen des englischen Königs gesprochen werden könne. Vielleicht weil ihm niemand von uns widersprach, meldete er sich gleich nach der Rückkehr des Gerichts zu Wort, man erlaubte ihm, seine Erklärung abzugeben, man hörte ihm unwillig, erstaunt zu, und für einen Moment sah es so aus, als wollte der Marinerichter ihm das Wort entziehen; doch er ließ den Feuerwerker aussprechen, und dann sagte er sarkastisch: Es hätte mich gewundert, wenn ein Mann mit Ihrer Vergangenheit nicht die Zuständigkeit des Gerichts bezweifelte.

Das Licht flackerte, mehrmals fiel es in kurzen Abständen aus. In der Dunkelheit massierte ich die Schläfe und preßte das Taschentuch auf das Auge; die geringe Feuchtigkeit, die der Stoff bewahrte, brachte Erleichterung. Jedesmal, wenn das Licht ausfiel, spürte ich eine tastende Hand an meiner Schulter, die Hand des Steuermanns, der neben mir stand und stehend die Fragen des hochdekorierten Offiziers beantwortete, monoton und pausenreich, mitunter schuldbewußt. Jawohl, sagte er oft, ich gebe es zu, jawohl.

»Das ist Meuterei«, sagte der Offizier. »Gemeinschaftliche Befehlsverweigerung auf hoher See ist Meuterei. Wissen Sie, was darauf steht?«

»Jawohl.«

»Sie haben sich angemaßt, den Kommandanten seines Kommandos zu entheben. Auf Kriegsmarsch. Ich wiederhole: auf Kriegsmarsch. Während deutsche Soldaten überall gehorsam ihre letzte Pflicht erfüllen, haben Sie die Besatzung zum Ungehorsam aufgewiegelt. Sie haben sich zum Rädelsführer der Meuterei gemacht.«

»Zu diesem Zeitpunkt hatten wir nur ein Ziel: Boot und Besatzung zu retten.«

»Was Sie nicht sagen! Boot und Besatzung wollten Sie retten? Davonstehlen wollten Sie sich, stiftengehen! Laßt doch andere nach Kurland laufen, wir wollen heim, wir machen Feierabend.«

»Die Besatzung war entschlossen, das Unternehmen abzubrechen.«

»Die ganze Besatzung?«

»Fast alle. Der Kommandant wußte es.«

»So, der Kommandant wußte es. Und dennoch hielt er sich an seinen Befehl. Und dennoch war er bereit, seinen Auftrag auszuführen. Er gab allen ein Beispiel für Pflichterfüllung. – Glauben Sie, daß er MX12 opfern wollte? Glauben Sie das?«

»Nein.«

»Sehen Sie! Männern wie Ihrem Kommandanten ist es zu verdanken, daß Hunderttausende in Sicherheit gebracht wurden – Männern wie ihm, die bereit waren, etwas zu riskieren, sich notfalls zu opfern.«

»Wir wollten Opfer vermeiden, sinnlose Opfer.«

»Maßen Sie sich etwa an, zu beurteilen, was ein sinnloses Opfer ist?«

»Jawohl.«

»So, und weil Sie sich das zutrauen, enterten Sie mit Ihrem Haufen die Brücke. Und setzten den Kommandanten ab. Und stellten ihn unter Arrest.«

»Wenn ich es nicht getan hätte ... Die Besatzung war entschlossen, Gewalt anzuwenden. Sie hatten sich selbst bewaffnet, ohne meinen Befehl.«

»Ach so ... Es ist also Ihr Verdienst, daß es zu keiner Auseinandersetzung an Bord kam? Daß nicht geschossen wurde ...? Verstehe ich Sie richtig? Dadurch, daß Sie den Kommandanten seines Postens enthoben, haben Sie Blutvergießen verhindert?«

»Ich habe es versucht. Die Konsequenzen waren mir bekannt.«

»Dann war Ihnen auch bekannt, daß der Kommandant eines Schiffes auf Kriegsmarsch die Disziplinargewalt besitzt?«

»Jawohl.«

»Er hätte das Recht gehabt, Sie zu erschießen. Er hat es aber nicht getan. Um zu vermeiden, daß Blut vergossen wird, befolgte er Ihre Anweisungen.«

Der Offizier, der die Verteidigung übernommen hatte, wußte augenscheinlich, daß der Steuermann während des Krieges zweimal sein Schiff verloren hatte. Er fragte, wo das geschehen sei, und der Steuermann sagte: Das erste Mal in Narvik, dann beim Minenräumen in der Deutschen Bucht.

»Was geschah nach Ihrer Rettung?« fragte der Verteidiger.

»Nachdem sie mich aufgefischt hatten«, sagte der Steuermann, »habe ich mich gleich wieder gemeldet, Bordkommando.«

»Wie lange gehören Sie zur Besatzung von MX12?«

»Zwei Jahre.«

»Wie war Ihr Verhältnis zum Kommandanten?«

»Darüber möchte ich nicht sprechen.«

»Möchten Sie etwas über seine seemännischen Fähigkeiten sagen?«

»Das steht mir nicht zu.«

»Aber Sie haben sie anerkannt?«

»Jawohl. Immer.«

»Und dennoch haben Sie ihm nicht zugetraut, MX12 nach Kurland zu bringen? Und zurück?«

»Keiner hätte es geschafft, nicht der beste Seemann.«

»Woher wissen Sie das?«

»Ich habe die Schiffsfriedhöfe gesehen – vor

Riga, vor Memel, vor Swinemünde … Wir haben Hilfe geleistet bei mehreren Untergängen … Und die Notrufe. Aus dem Funkraum erfuhren wir, wie viele Notrufe abgesetzt wurden. Östlich von Bornholm war kein Durchkommen.«

»Nachdem Sie MX12 unter Ihr Kommando gebracht hatten, erhielten Sie von der Flottille einen Befehl.«

»Jawohl.«

»Wie lautete der Befehl?«

»Treffen mit MX21.«

»Wo?«

»Bei Gotland.«

»Zu welchem Zweck?«

»Gemeinsamer Marsch nach Kurland.«

»Es ist nicht dazu gekommen?«

»Nein. MX21 wurde in Brand geschossen. Bei einem Fliegerangriff. Es trieb manövrierunfähig mit Maschinenschaden.«

Zuletzt rief der Marinerichter mich auf. Die anderen, die er vor mir vernahm, hatten angeblich kaum etwas gehört, kaum etwas gesehen; ihre ausweichenden Antworten ließen erkennen, wie sehr sie darauf aus waren, den Steuermann nicht zu belasten. Der Marinerichter sah jetzt erschöpft aus, er hatte die Haut eines Malariakranken. Mit müder Stimme fragte er mich, ob ich als Rudergänger ebensowenig mitbekommen hatte wie die andern, und ich sah zum Kommandanten hinüber und sagte: Nein. Da hob er den Kopf und nickte mir eine ironische Belobigung zu, so als wollte er sagen: Na, so was! Alle Achtung!

Ich war entschlossen, alles zu sagen, was ich wußte, und ich tat es, ja. Sie standen sehr gut zueinander, der Kommandant und der Steuermann; soviel ich verstand, sind sie alte Freunde ... Nein, eine Drohung habe ich nie gehört ... Nein, der Steuermann hat nie erklärt, daß die Besatzung sich bewaffnen würde ... Nur die Sorge um MX 12 und die Besatzung ... Auf keinen Fall gab der Steuermann den Befehl, die Brücke zu besetzen ... Ja, seine Stimme hörte ich erst, als etwas in der Luft lag. Gewalt ... Wer ihn unter Arrest stellte, weiß ich nicht mehr ... Jawohl, den Satz höre ich noch genau: Ich übernehme mit allen Konsequenzen das Kommando an Bord. Er sagte noch: Ich werde mich dafür verantworten. Der Marinerichter hörte mir nachdenklich zu, und plötzlich fragte er: Weinen Sie, Mann? Nein, sagte ich, es sind die Schmerzen.

Sie zogen sich zur Beratung zurück, und wieder saßen wir in stummem Gegenüber. Der Kommandant saß aufgerichtet da, seine Haltung hatte etwas Abweisendes; ich wagte es nicht, einfach aufzustehen und ihm den Brief zu bringen, den mir der Steuermann anvertraut hatte. Der Feuerwerker drehte unaufhörlich Zigaretten und gab sie verdeckt an uns weiter – für später. Mit geschlossenen Augen, so als meditierte er, hockte der Steuermann neben mir, während der Funkmaat – ich sah es genau – mit seiner Müdigkeit kämpfte, schwankte, hochschreckte. Ohne Befehl erhoben wir uns, als das Gericht zurückkehrte, und da die Männer hinter dem Tisch stehen blieben, blieben auch wir stehen. Der Schmerz unter dem Auge, in der Schläfe wummerte und lärmte, plötzlich hatte ich den Eindruck, daß die Zahl der Richter sich vermehrte, und nicht nur dies: obwohl der Marinerichter allein sprach, kam es mir vor, als hörte ich mehrere Stimmen; das verband und ergänzte, überlagerte und verstümmelte sich. Vom Kriegsrecht war die Rede, dem alles andere unterzuordnen sei, von Disziplin und Manneszucht und Pflichterfüllung in der letzten Stunde. Ein abschreckendes historisches Beispiel wurde erwähnt: meuternde

Elemente an Bord von Großkampfschiffen. Kameradschaft auf See wurde beschworen, Kameradschaft im Kampf und im Chaos, und immer wieder Disziplin – eiserne Disziplin, die eine Voraussetzung fürs Überleben ist. Um befürchteten Auflösungserscheinungen wirksam zu begegnen, hatte der Großadmiral besondere Befehle erlassen; aus ihnen wurde abschließend zitiert. Wegen Befehlsverweigerung, tätlicher Bedrohung eines Vorgesetzten und bewaffneter Meuterei auf Kriegsmarsch: Todesstrafe für Steuermann Heimsohn, für Feuerwerker Jellinek. Etwas leiser sagte die Stimme: Das Urteil muß noch bestätigt werden.

Ich blickte zum Kommandanten hinüber, der entsetzt dastand, dann, wie zur Probe, die Lippen bewegte und schließlich für alle verständlich sagte: Wahnsinn, das ist Wahnsinn. Er ging auf den Richtertisch zu, zäh, mit mühsamen Schritten, er streckte eine Hand gegen den Richter aus und wiederholte: Wahnsinn; das kann doch kein Urteil sein. Der Marinerichter überging seine Bemerkung und zählte unsere Arreststrafen auf.

Auch wir redeten ihnen zu, nicht nur der Verteidiger, und es war gewiß Mitternacht, als sie endlich nachgaben und sich nebeneinandersetzten, um ein Gnadengesuch zu schreiben, auf Papier, das der Verteidiger mitgebracht hatte. Sie drucksten, der Steuermann und der Feuerwerker, sie seufzten und sahen, um Wendungen verlegen, Beistand suchend zum Verteidiger auf, der rauchend auf der Fensterbank saß und nicht bereit schien, ihnen mit Worten auszuhelfen; nur die Anschrift diktierte er ihnen, und er selbst faltete auch die Gesuche und steckte sie in mitgebrachte Briefumschläge. Zum Urteil hatte er nichts zu sagen, vielleicht wollte er auch nichts sagen; wann immer der Signalgast oder der Funkmaat ihn baten, den Schuldspruch zu kommentieren, zuckte er die Achseln und gab sich zuversichtlich: Wartet nur, wartet nur ab. Bevor er uns verließ, verlangte mir der Steuermann den Brief ab, der an den Kommandanten adressiert war; an der Tür übergab er ihn dem Verteidiger, mahnend, besorgt, als ob für ihn viel davon abhinge. Zum Abschied legte der Verteidiger dem Steuermann die Hand auf die Schulter. Einer, der sich vor die Regale gelegt hatte, rief: Macht das Licht aus, und ich drehte den Schalter um und ließ mich auf den Fußboden nieder. Jeder spürte, wieviel gesagt werden müßte, keiner wagte, den

Anfang zu machen, und je länger die Stille im Archivraum dauerte, desto bereitwilliger fanden wir uns mit ihr ab.

Vorsichtig öffnete ein Posten die Tür, er spähte eine Weile auf uns herab, ehe er die beiden Namen rief, nicht laut rief, nicht im Befehlston, sondern anfragend. Wir standen alle auf und bewegten uns zur Tür, und unser ruhiges, forderndes Dastehen veranlaßte den Posten, bis zur Schwelle zurückzugehen. Jellinek, sagte er, Jellinek und Steuermann Heimsohn, wir sollen Sie an Bord bringen. Wieso an Bord, fragte einer von uns, und der Posten darauf: Da tut sich was, hoher Besuch. Wir sahen uns an, verblüfft, ein Schimmer von Hoffnung zeigte sich auf den grauen Gesichtern: An Bord ... Das Gnadengesuch ... Ihr sollt an Bord ... Und wir machten ihnen Platz und gingen herum und konnten nicht aufhören, die schnell entstandene Hoffnung zu begründen. Der blasse Hüne mit seinem Helfer brachte uns Brot und Marmelade, stellte einen dampfenden Aluminiumpott auf den Tisch und verzog sich grußlos. Keiner rührte sein Frühstück an. Als die Salven fielen – nein, keine Salven, es waren zwei Stöße aus einer Maschinenpistole –, stöhnte der Signalgast auf, und einer ging vor der Heizung auf die Knie und würgte, als müßte er sich übergeben. Wir lauschten. Manch einer mußte etwas anfassen. Dieser Irrsinn, sagte der Signalgast, diese Schweine – der Krieg ist doch vorbei! Der wird nie aufhören, der Krieg, sagte der Funkmaat, für uns, die wir dabei waren, wird er nie aufhören. Das ist doch kein Urteil, sagte der Signalgast, das ist Mord. Hört ihr, das ist Mord! Der Funkmaat beugte sich über den, der vor der Heizung kniete, und sah ihm ins Gesicht. Geh an den Ausguß, sagte er, los, geh an den Ausguß.

1983

Anhang

Zeittafel

1926
Siegfried Lenz wird am 17. März als Sohn eines Zoll-
beamten in Lyck (Masuren/Ostpreußen) geboren.

1932–1943
Schulbesuch in Lyck und Samter.

1943–1945
Notabitur, dann Einberufung zur Kriegsmarine; nach
viermonatiger Ausbildung erstes Bordkommando auf
der »Admiral Scheer«; nach Bombardierung des Schiffes
stationiert in Dänemark. Desertion kurz vor dem Zu-
sammenbruch. Lenz gerät in englische Gefangenschaft
und wird als Dolmetscher einer amtlichen Entlassungs-
kommission eingesetzt. Noch 1945 Entlassung nach
Hamburg.

1946–1950
Studium der Philosophie, Anglistik und Literatur-
wissenschaft an der Universität Hamburg; Lenz will
zunächst Lehrer werden. Finanzierung des Studiums
überwiegend durch Schwarzhandel. Erste kleinere
Rundfunkbeiträge für den NWDR in der Sendereihe
»Wir erinnern an …«.

1948/1949
Volontariat bei der englischen Besatzungszeitung *Die Welt*, für die er auch schon während des Studiums gearbeitet hatte. Dort lernt Lenz seine spätere Ehefrau Liselotte kennen.

1949
Heirat.

1950/1951
Nachrichten-, dann Feuilletonredakteur bei der *Welt*.

1951
Der erste Roman *Es waren Habichte in der Luft* erscheint; er war zuvor in der *Welt* als Fortsetzungsroman abgedruckt worden. Seitdem lebt Lenz als freier Schriftsteller in Hamburg und im Sommer in Lebøllykke auf der Insel Alsen (Dänemark).

1952
Anschluß an die Gruppe 47. Noch in der Versuchsphase des NWDR-Fernsehens schreibt Lenz das Drehbuch zum Fernsehspiel *Inspektor Tondi*. Im NWDR-Hörfunk wird sein erstes größeres Hörspiel *Wanderjahre ohne Lehre* gesendet.

1953
Duell mit dem Schatten, Roman.

1954
Die Nacht des Tauchers, Hörspiel.

1955

So zärtlich war Suleyken. Masurische Geschichten, Erzählungen (Verfilmung fürs Fernsehen 1971/1972). *Der
Hafen ist voller Geheimnisse*, Hörspiel. *Die verlorene Magie
der Märkte*, Hörspiel. *Das schönste Fest der Welt*, Hörspiel.

1956

Die Muschel öffnet sich langsam, Hörspiel. *Resignation
in Baccar*, Hörspiel. *Die neuen Stützen der Gesellschaft*,
Hörspiel.

1957

Der Mann im Strom, Roman (1958 mit Hans Albers
verfilmt; Neuverfilmung 2005).

1958

Jäger des Spotts. Geschichten aus dieser Zeit, Erzählungen.

1959

Brot und Spiele, Roman (auch verfilmt).

1960

Das Feuerschiff, Erzählungen (Verfilmung 1963). Mitglied der Freien Akademie der Künste in Hamburg.

1961

Zeit der Schuldlosen – Zeit der Schuldigen, Hörspiele. *Zeit
der Schuldlosen*, Drama (Bearbeitung der Hörspiele,
verfilmt 1964); Uraufführung durch Gustaf Gründgens
am 19. September im Deutschen Schauspielhaus,
Hamburg.

1962
Stimmungen der See, Erzählungen.

1963
Stadtgespräch, Roman.

1964
Lehmanns Erzählungen oder So schön war mein Markt. Aus den Bekenntnissen eines Schwarzhändlers, Erzählung.

Das Gesicht, Komödie; Uraufführung am 18. September im Deutschen Schauspielhaus, Hamburg.

1965
Der Spielverderber, Erzählungen. Beginn seines Engagements in der Sozialdemokratischen Wählerinitiative (bis Anfang der siebziger Jahre).

1966
Die Enttäuschung, Hörspiel.

1967
Haussuchung, Hörspiele. *Das Labyrinth*, Hörspiel.

1968
Deutschstunde, Roman (1970 fürs Fernsehen verfilmt); bis heute über 2,25-millionenmal weltweit verkauft.
Leute von Hamburg, Erzählung.

1968/1969
Vortragsreisen nach Australien und in die USA mit Gastprofessur an der University of Houston, Texas.

1970
Lenz reist auf Einladung von Willy Brandt zusammen mit Günter Grass nach Polen zur Unterzeichnung des Warschauer Vertrages. *Beziehungen. Ansichten und Bekenntnisse zur Literatur*, Essays. *Die Augenbinde*, Schauspiel; Uraufführung am 28. Februar im Düsseldorfer Schauspielhaus. *Nicht alle Förster sind froh*, Dialog.

1973
Das Vorbild, Roman. Mitglied der Deutschen Akademie für Sprache und Dichtung, Darmstadt.

1975
Der Geist der Mirabelle. Geschichten aus Bollerup, Erzählungen. *Einstein überquert die Elbe bei Hamburg*, Erzählungen.

1978
Heimatmuseum, Roman (Fernsehfilm 1988).

1979
Lenz lehnt den Verdienstorden der Bundesrepublik Deutschland (Bundesverdienstkreuz) zusammen mit Heinrich Böll und Günter Grass ab.

1980
Drei Stücke, Dramen. *Gespräche mit Manès Sperber und Leszek Kolakowski*.

1981
Der Verlust, Roman.

1982
*Über Phantasie. Gespräche mit Heinrich Böll, Günter Grass,
Walter Kempowski, Pavel Kohout.*

1983
Elfenbeinturm und Barrikade. Erfahrungen am Schreibtisch,
Essays.

1984
Ein Kriegsende, Erzählung (als Filmerzählung für das
Fernsehen geschrieben).

1985
Exerzierplatz, Roman.

1986
Zusammen mit Liselotte Lenz *Kleines Strandgut.
48 Farbstiftzeichnungen*. Erwerb des Sommerhauses in
Tetenhusen (bei Schleswig).

1987
Das serbische Mädchen, Erzählungen (1990 auch verfilmt).

1988
Die Bergung, Hörspiel.

1990
Die Klangprobe, Roman.

1992
Über das Gedächtnis. Reden und Aufsätze.

1994
Die Auflehnung, Roman.

1996
Ludmilla, Erzählungen. Beginn der Werkausgabe in Einzelbänden.

1998
Über den Schmerz, Essays.

1999
Arnes Nachlaß, Roman. Abschluß der 20-bändigen Werkausgabe.

2001
Mutmaßungen über die Zukunft der Literatur, Essays.

2003
Fundbüro, Roman.

2004
Zaungast, Erzählungen.

2006
Aus Anlaß des 80. Geburtstags von Siegfried Lenz erscheinen seine sämtlichen Erzählungen in einem Band *(Die Erzählungen)* und die Essaysammlung *Selbstversetzung. Über Schreiben und Leben*. Verfilmung von *Der Mann im Strom*.

2008
Schweigeminute, Novelle. Verfilmung von *Das Feuerschiff*.

2009
Landesbühne, Novelle. *Die Versuchsperson*, Stück.

2010
Verfilmung von *Die Auflehnung*.

2011
Harmonie. Die Versuchsperson. Stücke.

2011
Die Maske, Erzählungen.

2012
Amerikanisches Tagebuch 1962, Reisebericht.

2014
Gründung der gemeinnützigen Siegfried Lenz Stiftung und Einrichtung des Siegfried Lenz Preises.
Siegfried Lenz stirbt am 7. Oktober in Hamburg.

Auszeichnungen, Ehrungen und Preise

1952
René-Schickele-Preis

1953
Stipendium des Lessing-Preises der Freien und Hansestadt Hamburg

1961
Gerhart-Hauptmann-Preis der Freien Volksbühne Berlin; Ostpreußischer Literaturpreis

1962
Georg-Mackensen-Literaturpreis; Literaturpreis der Freien Hansestadt Bremen

1966
Großer Kunstpreis des Landes Nordrhein-Westfalen für Literatur; Hamburger Leserpreis

1970
Literaturpreis Deutscher Freimaurer (Lessing-Ring)

1976
Ehrendoktorwürde der Universität Hamburg

1978
Kulturpreis der Stadt Goslar

1979
Andreas-Gryphius-Preis

1984
Thomas-Mann-Preis der Hansestadt Lübeck

1985
Manès-Sperber-Preis der österreichischen Regierung;
DAG-Fernsehpreis

1986
Plakette der Freien Akademie der Künste in Hamburg

1987
Wilhelm-Raabe-Preis der Stadt Braunschweig

1988
Friedenspreis des Deutschen Buchhandels

1989
Literaturpreis der Heinz-Galinski-Stiftung

1993
Ehrendoktorwürde der Ben-Gurion-Universität (Israel)

1995
Bayerischer Staatspreis für Literatur (Jean-Paul-Preis)

1996
Hermann-Sinsheimer-Preis für Literatur und Publizistik
der Stadt Freinsheim

1997
Adolf-Würth-Preis für Europäische Literatur

1998
Gerhard-Mercator-Professur der Universität Duisburg;
polnischer Samuel-Bogumil-Linde-Preis

1999
Goethe-Preis der Stadt Frankfurt am Main

2001
Ehrenbürger der Freien und Hansestadt Hamburg;
Ehrensenator der Universität Hamburg; Weilheimer
Literaturpreis; Ehrendoktorwürde der Universität
Erlangen-Nürnberg

2002
Hansepreis für Völkerverständigung Bremen; Ehren-
preis des Bayerischen Ministerpräsidenten beim
Internationalen Buchpreis Corine

2003
Heinrich-Heine-Professur der Universität Düsseldorf;
Johann-Wolfgang-von-Goethe-Medaille in Gold der
Alfred Toepfer Stiftung

2004
Hannelore-Greve-Literaturpreis; Ehrenbürgerwürde
des Landes Schleswig-Holstein

2005
Hermann-Ehlers-Preis

2006

Ehrenpreis der Goldenen Feder (Medienpreis der
Bauer Verlagsgruppe)

2007

Ehren-Schleusenwärter der Congregation der Alster-
Schleusenwärter S. C. in Hamburg

2009

Lew-Kopelew-Preis für Frieden und Menschenrechte

2010

Premio Nonino, Udine

2011

Ehrenbürgerwürde seiner Geburtsstadt Lyck, der
heutigen Stadt Ełk in Polen